我的吸血鬼同學

07
綁架人魚公主

創作繪畫・余遠鍠　　故事文字・陳四月

目錄

迦南

擁有金黃魔力的人類少女。好奇心重，領悟力強，平易近人的她曾被黑暗勢力封印起她的魔力，是九頭蛇想捉拿的人。

安德魯

吸血鬼高材生。外形冷酷，沈默寡言，喜歡閱讀的他想找出失蹤多年的父親，對迦南格外關心。

卡爾

胃口極大的人狼。是學園小食部常客，身材健碩，熱愛跑步，經常遲到的他和安德魯自小已認識。

米露

身手靈活的貓女。像貓兒一樣喜歡捕捉會動的物件，有收集剪報的習慣，熱愛攝影的她夢想成為魔法世界的記者。

美杜莎

蛇髮妖族的後裔。由於這一族的妖魔出了很多危害國家的罪犯，所以美杜莎在學園也被杯葛孤立。她曾嫉妒受歡迎的迦南，但現時二人已成為朋友。

法蘭

魔幻學園的訓導主任。同時是學園舊生的他因為一次事故變成半人半機械的模樣。表面對學生嚴厲其實十分疼愛學生。

四葉

來自東方學園的九尾妖狐少女。活潑好動而且十分熱情的她和卡爾有婚約在身。和迦南一樣，四葉也擁有金黃魔力。

阿諾特

吸血鬼一族的王子，是被寄予厚望的天才。追求力量和榮耀的他自視高人一等，對同樣被視為天才的安德魯抱有敵意。

安古蘭

安德魯的父親。十年前加入黑魔法派襲擊魔幻學園後一直音訊全無，背負叛徒罪名的他其實內有苦衷。

丹妮絲

精通使用魔導靈的資深公會獵人，更是艾爾文和艾翠絲的師傅。穿梭於人界和魔幻世界執行任務，有「火龍召喚師」的稱號。

挪亞

表面上是人界大集團的主席，暗地裡是販賣妖魔圖利的妖魔收藏家，認為金錢能凌駕於一切，更僱用妖魔作為自己的貼身保鏢。

我的
吸血鬼同學

第一章
公主與保鏢

雖然為數不多，但其實人類世界從古至今都有妖魔棲息著。他們以魔法變化成人類，所以難以發現；他們有自己的職業，以自己的力量**為人界服務**；觀光的，都要得到公會的允許，才能在人界通行。

而今天，人界多了一名矚目的妖魔，她的**身世顯赫**，就算以魔法把尾巴變成人類的雙腳，也難掩動人的氣質。

這裡就是人界嗎？很多高樓大廈啊！人類的居住環境都這麼擁擠嗎？

兩手提著行李的艾爾文冷淡地說……

這城市地少人多，不像你的家鄉般沒有土地問題。

冷淡，源於不滿。艾爾文不滿意被委託擔任愛莉的**保鏢**。數日前，他的師傅丹妮絲委派他貼身保護愛莉，因為人魚公主身份尊貴，要是她的性命受損，可是會驚動整個魔幻世界。

我們去哪裡好？應該從哪裡開始遊玩？

雀躍不已的愛莉兩眼發亮。

去哪裡也好，總之先安置好這兩大箱行李吧。

但艾爾文一點也不雀躍，愛莉的行李箱比起他的獵人武器箱更大。

啊……那就先去酒店吧！媽媽已經替我訂好房間了。

愛莉把寫上地址的便條給艾爾文看。

艾爾文十分驚訝，那地址是一幢人界中很有名氣的建築物。

而當艾爾文親眼看見這高大的建築物時，

嘴巴更大大的張開。

「怎麼啦？我還有很多地方想去啊，快點進來吧。」對於人魚公主來說，這不是什麼了不起的建築物。

「啊……啊。」但對於靠獵人工作的微薄賞金來維持生活的艾爾文來說，這裡是另一個世界。人界著名的★五★星★級★酒★店，是名人官員才支付得起租金的高級地方，愛莉入住的，正是這一等一的高尚酒店。

「這位一定是愛莉小姐，還有艾爾文先生了，行李請交給我們，我們定會妥善安放到房間，兩位還有什麼吩咐嗎？」接待員恭敬地問。

「唔，暫時沒有啦，艾爾文你快帶我去玩吧！」愛莉不想待在房間，她想盡情看遍這新奇的人界。

「愛莉小姐，我們能為你提供**專車**接送服務，請問你有需要嗎？」高級的酒店自然有高級的服務。

「不用啦，來到人界當然要嘗試這裡獨有的交通工具啦。」愛莉不以為然，接待員只知道她**身世顯赫**，但不知道她是人魚。

「人界？」接待員疑惑地問。

「沒什麼……艾爾文，我們快走吧！」然後愛莉挽著艾爾文的手臂，急步展開她的人界之旅。

獵人咖啡室內，艾爾文和艾翠絲的師傅丹妮絲正在悠閒地品嚐**香氣四溢**的咖啡，這裡是公會的其中一個據點，亦是艾爾文曾工作的職場。

「為什麼要哥哥去保護她啊？」艾翠絲不滿地問。

「愛莉是人魚族的公主嘛，怎能讓她一個人在人界闖蕩呢？」丹妮絲享受著休閒的假期。

「那也不應該只得哥哥一個去執行任務呀，最起碼也讓我加入吧。」其實艾翠絲只是感到寂寞，覺得哥哥被人搶走了。

因為他們自小就相依為命，艾翠絲未曾和哥哥分開過。

「不用小題大做，這任務一個人辦就足夠了；而且我想你幫我調查一件事。」丹妮絲把文件夾交到艾翠絲手上。

「什麼？」艾翠絲翻看著文件，文件記錄著近年在人界發生的不尋常失蹤案件。

人界警方沒有展開調查，因為失蹤的不是人類，而是合法居留的妖魔。

「這段時間你就研究一下這案件，看看能否找到蛛絲馬跡吧。」丹妮絲分派了兩人不同的任務，這是兄妹倆首次各自執行單獨的任務。

艾翠絲拿著文件夾步出咖啡室，現在她只想快點完成任務，回到哥哥身邊。

「讓他們各自行動不會有問題嗎？畢竟他們年紀還這麼小。」在水吧位置的分部長問，而且丹妮絲安排的任務**殊不簡單**。

「獵人的實力和年紀無關，而且盡早讓他們認清這世界，對他們的成長會更有幫助。」

人類和妖魔在同一天空下共存是不容易的事情，世上有作奸犯科的妖魔，自然也會有心術不正的人類。

觀光巴士之上，愛莉興奮地探頭出車外，涼風吹拂起她的長髮，她的身上更散發著海洋清爽的香味，艾爾文卻一副**不愉快**的表情。

「巴士這東西真有趣啊！這樣在高處看著人來人往真新奇。」在海底世界並沒有車輛，更不會感受到涼風。

「在人界生活的人們很忙碌的，不像公主你這麼空閒。」人類大多為生活疲於奔命，艾爾文**話中帶刺**。

「你好像很不喜歡做我的保鏢呢，為什麼你總是板起臉孔，一點笑容也沒有呢？」愛莉瞇起眼睛問。

「你是尊貴的公主陛下，要請多少保鏢也可以，為何偏要我執行這麼**無意義**的任務呢？」艾爾文覺得自己和貴為公主的愛莉很有距離感，而且他想要的是能令他進步的、有挑戰性的狩獵任務。

「要是有一大隊人跟著我的話，豈不是更奇怪，更**引人注目**嗎？我只想像個普通的遊客參觀這城市呀！」愛莉沒有生氣，反而笑著對艾爾文說。

「而且這次任務……應該會比你想像的有意義得多，高難度得多。」愛莉**弦外有音**，但這刻的艾爾文還未領會到。

艾爾文別過臉去，他發現車上的乘客都注視著愛莉，因為就算沒有顯露人魚的尾巴，愛莉的美貌，以及不似**一般凡人**的氣質，已足夠成為人群中的亮點。

第二章
妖魔收藏家

接過任務文件夾後，艾翠絲回到她和艾爾文的居所，這裡面積雖小，但設備一應俱全，而且擺放了不少獵人專用武器和道具。

艾翠絲邊看著文件邊自言自語。

「有沒有好好吃飯呢……他自己一個能完成任務嗎？」雖然是妹妹，但艾翠絲一直照顧著艾爾文的**起居飲食**。

艾翠絲首次感覺在這狹小的家很孤單，沒有和她鬥嘴的哥哥在，有種不自在的寧靜。

不理了！

「他現在陪著人魚公主一定很快活！我還是集中精神調查這些案件吧。」艾翠絲終於撇除雜念，把心力放回案件中。

另一邊廂的艾爾文打了一個噴嚏，他身處的地方有如海底，但卻是人界的一個遊玩景點。

「你平常不是已經生活在水底了嗎？為什麼來到人界也想參觀水族館？」艾爾文問。

「魔幻世界的海洋生物和人界的不同呀，這裡的生物像寵物一般可愛呢！」愛莉兩眼發亮，而水族館裡的魚兒們都十分喜愛愛莉。

大大小小，色彩繽紛的海洋生物們都跟隨愛莉走動的方向。人魚公主來到人界也深受海洋生物歡迎，而其他來遊覽的人都報以奇異的目光。

「太引人注目了。」對於保護愛莉的艾爾文來說，這並不是好事。

「媽媽，魚兒都跟著那個姐姐呀。」但對於孩子來說，這卻是神奇的境遇。

「**啊……真神奇呢。**」孩子的母親既敬且畏。

「小朋友，過來一起看吧。」愛莉向孩子招手，孩子跑向她後，她便把孩子抱起。

就像被魚兒包圍一樣，孩子和愛莉也滿足地笑著。

「算了，隨她喜歡吧。」本來想叫愛莉低調一點的艾爾文，看到她們的笑容後也打消了這念頭。

來自海洋之都的人魚公主，**舉手投足**也散發非凡的魅力，身份高貴的她和艾爾文完全不同。

身為獵人，很多時候也需要進行潛伏和跟蹤，習慣低調行事的艾爾文不習慣成為人群焦點。

「吃這樣的東西……沒問題嗎？」午餐時間來到，艾爾文帶愛莉到了快餐店吃漢堡包和薯條。艾爾文對餐廳美食等事情一竅不通，他的三餐一向由妹妹一手包辦。

「很美味呀，有什麼問題？」雖然吃過不少珍饈百味，但愛莉同樣享受人界的美食。

「好像……不應該帶你到這種便宜的地方吧。」反而艾爾文對階級的差距卻很在意。

「便宜也好，昂貴也好，在我眼裡這一切也很新奇。」愛莉報以微笑。

艾爾文感覺這公主比他想像的平易近人得多。

「這樣和你一起吃喝玩樂，同樣很新奇。」愛莉凝視著艾爾文說。

「有什麼新奇的？」艾爾文別過臉去，他不太懂得和剛認識的女生相處。

「你是人類呀，而且和我爸爸以前一樣是個專業獵人。」所以愛莉對人界一直很感興趣。

「相比起基德前輩，我還不夠專業。」艾爾文也聽過基德的事跡，表現出色的基德因為右臂被妖魔吃掉而退隱江湖。

「總之，這幾天就要靠你好好照顧我啦。」愛莉明亮的笑容令艾爾文不好意思直視。

人魚在人界出現是十分罕見的事，因為人魚是有如傳說的生物，歌聲動人且有神效，所以人魚一旦被**立心不良**的人類發現，生命絕對會受到威脅。

人界之內，存在著不少對妖魔充滿好奇，但心腸惡毒而且**財雄勢大**的壞分子。

高級商業大樓之內，一個穿著名牌西裝的年輕金髮男人正在秘密樓層欣賞他的收藏品。

這樓層只有受他許可的人才能進入，這裡是他私人的展覽廳。

「下一次拍賣會準備工作進展如何？」男人停在一個**標本**前，邊細看邊說。

男人身後的私人保鏢說：

那標品，是一名龍族妖魔的**屍體**，男人的收藏品是在人界失蹤了的妖魔。

「只是什麼？」男人是這大樓的主人，他的生意遍及整個城市。

「只是欠缺了一個亮點，拍賣品的清單欠了一點新意。」私人保鏢低下頭說。

拍賣會所拍賣的貨品，更是活生生的妖魔。

「那就快點去搜尋吧，在這城市之內，一定還有很多稀有的、價值連城的妖魔藏匿著。」男人的生意之所以發展得這麼大，是因為他有龐大的資金。

而這些資金的來源，是透過在人界拍賣妖魔而得來的**不義之財**。很多富豪對人界的奢侈品已厭倦，來自另一個世界的妖魔成為了他們的新玩意。

有的妖魔被鎖上手腳，終身活在獸籠當寵物般飼養，有的更被製成標本失去性命。那些富有的人類以淩駕妖魔來得到優越感。

「老闆，近日公會好像開始調查妖魔失蹤的事，我們再行動的話不怕會被發現嗎？」男人的**私人保鏢**共有三人，兩個居然是變化成人類外形、出賣同類的男妖魔，還有一個蒙著臉的男子。

「小心行事就好，這次拍賣會牽涉上千萬的金額，我的尊貴客戶們，已在***引頸期盼***。」男人不把公會放在眼內，因為他身邊除了有三個出色的保鏢外，他更坐擁足以僱用軍隊的龐大資金。而這富有的男人，正是艾翠絲所調查的連串失蹤案件的幕後黑手。

✦第三章✦

神探艾翠絲

五星級酒店之內，艾爾文呆站在房門之外動也不動。

你怎麼還不進來啦？

愛莉問。

我們……要住在同一個房間嗎？

艾爾文害羞地問。

當然呀，不然怎叫貼身保鏢呢？

愛莉沒好氣地說。

但男女授受不親，我們這樣不太好吧？

和妹妹以外的女生獨處一室，是艾爾文的第一次。

「別這麼老土了，房內還有獨立房間的，你不用害羞。」愛莉取笑他。

「我才不會感到害羞，這只是工作罷了。」艾爾文裝作**若無其事**地走進房間，但房間的規模又再一次令他目瞪口呆。

不只獨立房間和洗手間，寬敞的大廳，開放式廚房還有私人泳池，這酒店房間比艾爾文的居所大十倍以上。

「你自便吧，我要先暢快地活動一下。」愛莉連衣服也懶得替換便躍到泳池，她裙子下的雙腳變回了人魚的尾巴。

只要沾到水，人魚的變化術就會自動解除，所以在人界活動的人魚都得十分小心。

愛莉愉快地游動，如魚得水。

「既然用雙腳行走不舒服，你為什麼要勉強自己來人界走動呢。」艾爾文坐在泳池邊說。

「如果被尾巴局限，就不去**開闊眼界**走遍世界，那不是很可惜嗎？明明有趣的東西這麼多，留在舒適圈內舉步不前，就會錯過很多美妙的東西呀。」愛莉將會轉校到魔幻學園，起初她也抗拒離開海洋之都，但結識過迦南等來自不同國度的人和妖魔後，她已有所改變。

廣闊的世界是充滿新奇和可能性的，選擇**重新學習**的艾爾文，亦沒有再把自己局限於狩獵吸血鬼，所以愛莉的話，讓他感受到共鳴。

「有機會的話……你帶我參觀海洋之都吧。」艾爾文邊欣賞著愛莉的泳姿邊說。

「沒問題，但**想我做你的導遊**，便要看你這幾天的表現了！」愛莉突然捉住艾爾文的雙腳，把他拖進水中。

「你這胡鬧的公主。」艾爾文猛力把水潑

向愛莉。

「在水中可是我的**主場**啊！」愛莉能操控液體，池水如巨浪拍打向艾爾文。

兩人如小孩般在泳池玩耍，愛莉的第一天行程已進入尾聲，他們沒有擔心過自己的安全問題，在人類世界裡存在著他們未知的陰暗面。

翌日清晨，艾翠絲又來到了獵人咖啡室，而丹妮絲正和友人共晉早餐。

「**師傅！**」艾翠絲心急著報告。

「啊，是艾翠絲呢。」迦南的母親，前公會獵人玥華正坐在丹妮絲對面。

「玥華前輩！」艾翠絲禮貌地鞠躬。

「一大清早就開始叫嚷了……有什麼要事嗎？」丹妮絲喜歡悠閒地享受早餐。

「你交給我調查的案件，我找到線索了！」艾翠絲說。

「這麼快？」丹妮絲半信半疑。

「嗯！雖然妖魔們失蹤前最後出現的地點也不同，他們的生活甚至沒有共同點，但他們都接觸過同一個集團。」艾翠絲發現了當中細微得容易被忽略的細節。

「**挪亞集團**。」玥華看著艾翠絲所指的目標。

「挪亞集團可是這城市數一數二的大集團呢，業務遍及了超級市場、房地產、酒店甚至娛樂公司……要找出證據並不容易。」艾翠絲手上的證據還不夠說服丹妮絲。

「我一定會找出證據的，雖然失蹤的是妖魔，但他們都有合法居留和生存的權利。」艾翠絲充滿幹勁。

「很好，那你就小心行事吧。」丹妮絲滿意地說。

艾翠絲離開了咖啡室開始搜集證據，身為師傅的丹妮絲沒有一點緊張，反而玥華卻十分擔心。「如果牽涉到挪亞這麼龐大的集團，這事情交給艾翠絲不會太早了嗎？」玥華擔心年輕的後輩未有**足夠經驗**處理。

「放心吧，我對我親自培訓的徒弟很有信心；既然早餐吃飽了，不如我們去購物吧！」丹妮絲雀躍地拉起玥華。

「*吓？你邀請我回人界原來沒有緊要事的，只是叫我陪你購物嗎？*」玥華驚訝地說。

「休息休息～老師和獵人也需要放鬆一下的嘛。」丹妮絲笑著說。

把任務交給年輕一代後，丹妮絲選擇好好玩樂一番，艾翠絲已開始行動，而艾爾文繼續貼身保護愛莉。

五星級酒店房間內，艾爾文和愛莉享受著酒店提供的豐富早餐，對艾爾文來說，面前的盛宴是**前所未有**。

「快點吃吧，我今天想到市中心的大街觀摩一下。」愛莉邊吃邊說。

「啊……在人多的地方走動，你不怕身份被發現嗎？」艾爾文心想，要是妹妹也能吃上這麼豐富的早餐就好。

雖然**三餐溫飽**，但獵人的收入不足以讓他們過上優越的生活，而且艾爾文和艾翠絲也把大部分金錢放在購買獵人武器和魔法道具之上。

獵人的生活是不能奢華的，他們貢獻自己，冒著生命危險去守護人界和平。

「不怕，只要小心點不沾到水就好了。」愛莉笑著說。

「你始終是人魚族的公主，在人界還是小心一點為妙。」艾爾文提醒著說。

「不要緊，就算被發現也有你保護我呀。」愛莉對此不以為然。

愛莉欠缺警覺性，在人界裡對人魚有不軌企圖的大有人在，稍一不慎她可能會陷入萬劫不復的困境。

而同一時間，艾翠絲已潛伏在高樓大廈的天台上，以望遠鏡監視著挪亞集團大樓。

「這集團一定有古怪，短短數年間發展得如此龐大，資金有如**用之不竭**，內裡一定有不可告人的秘密。」艾翠絲看著頂層屬於集團主席的房間說。

「**啊！出現了！**」艾翠絲看到金髮的男人走出大門，慢步向豪華房車。男人身後的三個貼身保鏢也跟隨其後。

「**那兩人……是妖魔。**正常人類又怎會僱用妖魔作保鏢呢，我的估計果然沒錯。」艾翠絲直覺自己找對了目標。

豪華房車開走了，意味著那神秘的頂層房間已沒有人在，於是艾翠絲決定潛入房間，看看能否找到罪證。

第四章

雨中的約會

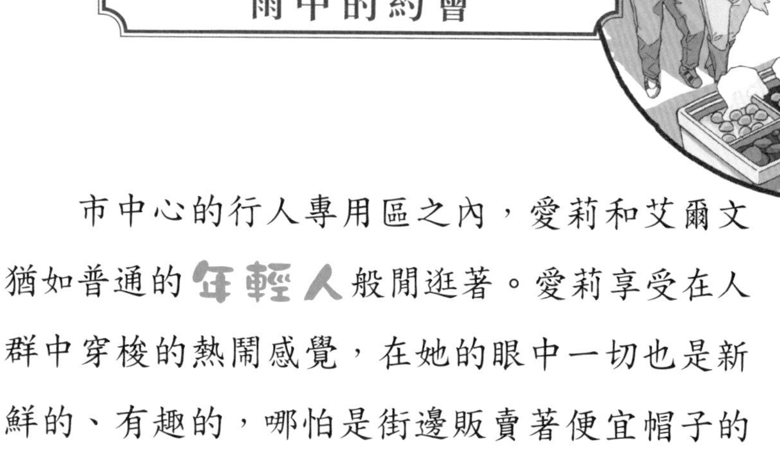

市中心的行人專用區之內，愛莉和艾爾文猶如普通的年輕人般閒逛著。愛莉享受在人群中穿梭的熱鬧感覺，在她的眼中一切也是新鮮的、有趣的，哪怕是街邊販賣著便宜帽子的檔攤、廉價的街頭小食……都足以吸引愛莉駐足停留。

「有這麼值得興奮嗎？」艾爾文邊看顧著這東奔西走的女生邊說。

嗯，這帽子漂亮嗎？

愛莉突然靠向艾爾文問。

「尚算……不錯吧。」嚇得艾爾文不好意思別過臉去。

「**商場！**我們去逛商場吧，迦南說過人界的商場有很多有趣的東西玩。」充滿活力的愛莉拉著艾爾文到商場遊玩。

「你的體力好像**用之不竭**呢……」艾爾文不知道女生逛商場，是可以逛半天不用休息的。

而愛莉很快又被一列夾公仔機吸引過去。

「這個！我想要這個！」愛莉指著機內的一隻猴子毛公仔說。

「這種騙小孩子的玩意有什麼好玩的？想要公仔的話到旁邊的商店買就可以了。」艾爾文未嘗試過夾公仔，但**箇中難度**他也略有所聞。

「毛公仔就是要自己夾回來才有紀念價值嘛，你不會怕夾不到吧？」愛莉挑釁著說。

「賭上獵人的**榮耀**，這種幼稚的遊戲是難不倒我的。」好勝的艾爾文中計了。

一次又一次的嘗試，猴子公仔也未如艾爾文預期般輕易到手。

「唉呀！還差一點點呀！」愛莉惋惜著說。

「身為獵人……是絕對不會放棄的。」艾爾文硬著頭皮再次投入硬幣。

多次**努力不懈**的嘗試後，猴子公仔終於敗給夾子，來到愛莉的懷中。

太好了！謝謝你，你看
這小猴長得和你多相似。

愛莉笑逐顏開，把猴子公
仔捧到臉上。

「舉手之勞罷了……你喜歡就好。」艾爾文口裡輕鬆，心裡正為投放了的大量硬幣感到心痛。「就叫你小艾吧，小艾往後要陪著我睡啊。」但就算一擲千金，能博得紅顏一笑，艾爾文亦覺得物有所值。

「這東西是什麼來的？人們為什麼都擠進那箱子裡？」愛莉指著不遠處的貼紙相機說。

「是用來拍照留念的機械。」艾爾文說。

「那我們也一起拍照吧！和小艾一起拍！」愛莉二話不說就走到貼紙相機內。

看到愛莉的笑臉後，艾爾文也不好意思要她失望，艾爾文其實不喜歡拍照，他最後的一張相片是與父親和妹妹的合照。

再次走到鏡頭前面，艾爾文想起他那囉唆的妹妹，雖然他身邊的女生不再是艾翠絲，但和愛莉朝夕相處之後，艾爾文也逐漸感覺到親切。

「仔細看的話，你也長得**挺帥氣**呢。」

愛莉撕下一張貼紙相貼到艾爾文的鼻子上。

但現在更吸引他注視的，

是面前動人的人魚公主。

挪亞集團大樓內，艾翠絲偷偷潛入到主席的**秘密樓層**，那個擺滿妖魔標本的收藏品展覽廳。

「這裡……到底是什麼鬼地方？」一個個由妖魔做成的標品，嚇得艾翠絲一時無語。

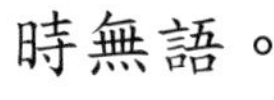

艾翠絲能感受到這些妖魔生前一定受到難以想像的痛苦折磨，這展覽廳有如妖魔的地獄，這大樓的主人比妖魔更加殘暴不仁。

「*失蹤案的主謀一定是這集團的主席……但是……*」

艾翠絲邊顫抖邊走遍展覽廳。

雖然害怕，但艾翠絲鼓起勇氣去調查，要讓遇害妖魔沉冤得雪，唯有靠她揭露真相。

「為什麼失蹤妖魔的屍體不在這裡？」艾翠絲所調查的多宗失蹤案件的受害人卻不在展覽廳中，這樣的話她還是欠缺最決定性的證據。

這展覽廳充其量只能證明集團主席是**變態**的收集者，或者這些妖魔也是被他殺害，但這和艾翠絲辦理中的案件，還沒有直接關係。

「有人來了。」艾翠絲聽到門外的腳步聲，那是來自授命清潔這裡的員工。

艾翠絲唯有偷偷安裝好竊聽器，然後靜靜逃離這**地獄般**的展覽廳。

獵人咖啡室內，艾翠絲匆忙地推開大門，她想要把調查成果向師傅滙報，她從未想過人界之中會有收藏妖魔當成展品的變態傢伙，更不知該如何讓他繩之於法。

「師傅！」艾翠絲環視四周，但店內只餘下正沖泡咖啡的分部長。

「她和玥華外出購物了，你怎麼滿頭大汗，一臉慌張呢？」分部長疑惑地問。

「*挪亞……那大集團真的有古怪！*」還在氣喘的艾翠絲說。

「坐下來冷靜一下，平伏好心情再把來龍去脈告訴我吧。」分部長為艾翠絲奉上咖啡。

優秀獵人的基本條件是處變不驚和冷靜分析的頭腦，初次執行單獨任務的艾翠絲立即調整呼吸，把事情一五一十告訴分部長。

「妖魔標品的展覽廳……這的確不尋常，但和你正調查的案件未見直接關係。」分部長平和地說。

難道我找錯方向了嗎？但也不能放任這集團不管吧！他一定是從不法途徑獲得妖魔的屍體！

經驗尚淺的艾翠絲明顯激動得多。

「你讓我想起一個傳聞，在都市人中有人**非法販賣妖魔**，這個人十分神秘，公會一直未能掌握他的真正身份……只知道這個人被稱為收藏家」分部長說。

「這個人很有可能就是挪亞集團的主席，失蹤的妖魔恐怕就是他販賣的**商品**。」艾翠絲推測著說。

「所以失蹤的妖魔可能還在生，並被挪亞集團囚禁著。」分部長也認同這推測。

「我在展覽廳安裝了**竊聽器**，只要追尋下去我一定能把這幫壞蛋一網打盡！」案件的調查有了明確進展，艾翠絲相信很快便能完成任務。

但挪亞集團**財雄勢大**，金髮的集團主席更受三名保鏢嚴密保護，要以一己之力解決這案件絕非等閒之事。

逛完商場又吃過晚餐後，艾爾文帶領愛莉走到海傍吹風，同時欣賞這城市獨有的美麗夜景。

「人界的晚上仍然很熱鬧呢。」愛莉享受著吹起她秀髮的海風。

「為了讓**生活變好**，讓家人過上舒適的生活，人類都勤奮地幹活。」艾爾文凝望著愛莉的側臉說。

「那你呢？你又為什麼當獵人這麼危險的工作？」愛莉問。

「為了讓更多人遠離危險……」然後艾爾文把父親過身的經過告訴愛莉。

「對不起，我不知道你曾經歷過這麼悽慘的事……」愛莉對觸及艾爾文的傷痛感到抱歉。

在這世上還有很多經歷更大傷痛的人，每分每秒亦有不少壞事發生，我只希望能成為出色的獵人，減少未知的悲劇上演。

堅守正義，這是艾爾文的信念。

艾爾文在傷痛中成長，愛莉則在幸福中長大，兩人雖然**家境懸殊**，但兩人的不同令他們互相吸引了對方。

兩人**四目交投**，心跳不期然愈來愈快，感覺涼快的晚上也變得熾熱。

「啊！那邊有很多人在圍觀啊，不如我們過去看看吧。」愛莉藉機走遠，避免讓艾爾文看到她泛紅的臉頰。

「是街頭獻唱的人呢。」在海旁一帶不時會有街頭藝人賣藝，這洋溢文化藝術的地方吸引不少途人停下腳步。

「這首歌我也認識！我也很想唱啊！」歌手的結他聲教愛莉**耳熟能詳**，這是迦南曾和她在海洋之都唱過的歌。

愛莉跟著**唸唸有詞**，歌手看見她後更邀請她站出來獻唱。人魚的歌聲美妙絕倫，愛莉的獻唱讓在場人士更熱情地歡呼，他們都不知道自己正有幸聽到人魚滿載魔力的歌聲。

「這引人注目的丫頭。」艾爾文雖然多次提醒愛莉要低調，但在場高漲的氣氛和愛莉的笑容令他也感到**愉悅**，不加以阻撓。

歌曲結束之後，天空漸漸下起毛毛雨來，

人群隨即散去。艾爾文生怕雨水沾濕愛莉雙腳，令人魚尾巴曝光，於是他脫下外套跑到愛莉身邊以外套為她擋雨。

「啊，原來你這麼細心的。」愛莉凝望著艾爾文的臉說。

「舉手之勞罷了。」艾爾文別過臉說。

「但我還有這一招呢。」愛莉喚起魔力，製造出薄薄的保護罩擋住雨水。

「在這裡使用魔法，被人看到就大件事了！」艾爾文緊張地說。

「現在四周圍也無人呀，我們趕快回去吧。」愛莉挽著艾爾文的手甜蜜地笑著說。

人魚之歌**動人心弦**，但艾爾文並不知道愛莉的這一首歌曲，會曝露她人魚的身份，導致她身陷險境，更不知道在暗裡想打人魚主意的勢力有多龐大。

又一個清晨來臨，艾爾文和艾翠絲的師傅繼續享受**假日的休閒**，這天她又再拉著玥華外出。

「你不讓我回魔幻學園工作，是為了陪你來美容按摩嗎？」玥華沒好氣地說。

「放鬆放鬆～～對女性來說保養是十分重要的。在黑翼古堡的戰役我消耗了太多魔力了，不好好調理是不行的。」丹妮絲懶洋洋地說。

「藉口，我從未聽過按摩對回復魔力有幫助呢。」玥華雖然口裡這樣說，但對保養絕不抗拒。

「工作交給**年輕人**去辦就好嘛；對了，你的女兒迦南呢？」丹妮絲好奇地問。

「她和四葉跟隨法蘭去了魔藥研究院，想了解治癒魔界樹的進展。」魔幻王國的存在還被**黑暗籠罩**，因為魔界樹正日漸枯萎，黑魔法派的勢力仍在擴張。

「這的確是最嚴重的問題呢……魔幻王國中不少勢力已轉投黑魔法派，長遠來說人類世界也恐怕難以安寧。」丹妮絲說。

玥華不明所以。

「當我沒說過吧，我只是聽過一點奇怪的傳聞罷了。」丹妮絲是交遊廣闊的專業獵人，她在魔幻世界有不少盟友。

「與其去理**未經證實**的傳聞，你還不如擔心一下你的徒弟們吧。」玥華笑著說。

這是我給他們的考驗呀，再者由我們出手的話，一定會打草驚蛇。

丹妮絲衝口而出。

玥華識破了丹妮絲的詭計。

「哈哈，別這樣說嘛，最多按摩的費用由我支付好了。」丹妮絲並不是對任務不上心。

這次任務，一方面是對徒弟們的考核；另一方面，這次案件的**幕後黑手**是小心謹慎、不輕易露出馬腳的收藏家，要用些非常手段誘捕。

「吓？到底哥哥怎辦事的？」一早起來後打開互聯網看的艾翠絲驚呆了。

因為網上正瘋傳一段影片，當中的留言和讚好已在一個晚上**突破十萬**，而片中的女主角正是人魚公主愛莉。

「她怎會被拍攝下來的？哥哥沒有叫她低調一點嗎？」艾翠絲連吃早餐的時間也未有，馬上翻看留言，生怕她的身份已被**揭破**。

事實上艾爾文有多番提醒愛莉，但後來他卻被人魚的笑容所融化，沒有了平常的冷酷和專注。

然而，就算**普羅大眾**沒有發現傳說中的人魚降臨人間，卻避不過對妖魔十分熟悉的收藏家的法眼。

在挪亞集團大樓的展覽廳內，金髮的男人亦即是集團主席挪亞如常地觀賞自己的收藏品，他的貼身保鏢正向他播放愛莉在街頭唱歌的片段。「這女生是**人魚**？難怪歌聲如此美妙動人。」挪亞看著影片，眼神有如獵人盯著獵物。

「不只是人魚，她更是海洋之都的人魚公主。」保鏢熟知海洋之都的事情，因為他的真身是曾襲擊海洋之都的妖魔。

「人魚公主，這可是**價值連城**的珍貴商品呢。」愛莉馬上成為了收藏家的下一個目標。

「剛好接下來的拍賣會欠缺亮點，這人魚絕對是最佳選擇。」保鏢的說話正合挪亞的心意。

「那就盡快調查出這丫頭的下落，我要用這人魚賺個**盆滿砵滿**。」挪亞歡喜地說。

不常使用手機接觸互聯網的艾爾文，還未知道危險已急速接近。

五星級酒店房間內，艾爾文和愛莉吃過早餐後，艾爾文正等候愛莉化妝和換衣服，活潑的公主期待著外出遊玩，守護她的騎士只好乖乖候命。

「天氣……好像不太好呢。」艾爾文看著窗外，天色像是**暴風雨的前夕**。

「可以出門了。怎樣？漂亮嗎？」愛莉換上天藍色的連身裙，這色彩和人魚公主格外合襯。

「漂……漂亮。」亮麗的公主教艾爾文不敢直視。

「快起行吧！我們今天去哪裡好呢？」愛莉熱切期待，人界的新鮮感還未褪去。

因為那影片已**熱播全城**的關係，愛莉一走到街上馬上便被人認出。

「你是片段中唱歌的女生吧？我可以和你合照嗎？」在上班途中的辦公室女郎。

「你的歌聲真的很動聽，我們可以和你合照嗎？」在上學途中的學生們。

「要是你成為歌手的話，我一定會買你的唱片支持你的！」路過的家庭主婦。

愛莉的歌聲有讓各年齡層的人也醉倒的魅力，但這同時等於外洩她的行蹤，人們透過互聯網發佈和她的合照，同時標注了拍攝的地點，對於想要追蹤她的人來說，這是最理想的事情。

「小姐，請問能阻你一點時間嗎？」所以不消半天，豪華房車已找到愛莉。

「**你是什麼人？**」艾爾文提高了警覺，雖然眼前的西裝男子是人類，但他確實感覺到車內散發著妖魔的氣息。

「我的老闆很欣賞小姐的歌喉，所以特意前來想和她洽商。」西裝男子打開了車門，金髮的挪亞和兩名變裝成人類的妖魔步出車廂。

「那就在附近的咖啡室小聚片刻吧。」愛莉拉著艾爾文的手，挪亞的出現在她意料之外。

「愛莉，那兩人……」艾爾文覺得事有不妥，想提醒她眼前正站著**來歷不明**的妖魔。

「不要緊，就當稍作休息吧，反正我的腿也開始瘦軟了。」愛莉打斷了艾爾文的說話。

「這邊請。」挪亞友善地引路，面前的人魚公主正快要成為他的**囊中之物**。

咖啡室內艾爾文劍拔弩張，他提防著挪亞身後兩名變裝成人類的妖魔，艾爾文的經驗告訴他，兩人絕非**等閒之輩**，若然他們在人界中突然發難，他很難確保在場平民的安全。

「愛莉小姐，我是挪亞集團的主席，你的歌聲叫我大為驚訝，我很有興趣和你合作。」而挪亞保持著笑容，簡單介紹過自己的身份地位後，便開始扔出**魚餌**。

「合作？你指的是什麼形式的合作？」愛莉好奇地問。

「我集團旗下的娛樂公司想和你簽署合約，我要把你打造成**全球矚目**的歌手。」

這是挪亞慣用的手段，那些失蹤的妖魔均是抵抗不了利誘而上釣。

「但我只是一個旅客，不會逗留在這城市多久。」愛莉客氣地笑著說。

「我的生意遍佈全球，你絕對不用擔心，而且一旦你的歌曲正式面世，我肯定能震驚所有人，成為全球知名的歌手。」挪亞誇下海口，只要把人魚公主賣掉定能賺取驚人的利潤。

愛莉拖延著說：

「但我只能等待到明天早上，因為我很希望你晚上為我的一個**重要活動**獻唱一曲。」挪亞把卡片交給愛莉，明天晚上就是拍賣會的日子，挪亞會把失蹤的妖魔當商品賣出。

「卡片我收下了，待我考慮清楚再聯絡你吧。」愛莉接過卡片後便站起離開，艾爾文也立即緊隨其後。

「愛莉，不要接受他的提議，那人身後站著兩名妖魔，一定不是普通商人。」艾爾文擔心愛莉會**受誘惑**，能被大集團推捧為歌手是千載難逢的機會，加上愛莉又熱愛唱歌。

「放心吧，雖然在人界做歌手也不失為好主意，但真正屬於我的舞台在**魔幻世界**。」愛莉不為所動，未來她會接替母親的職責，為來到海洋之都的妖魔送上充滿祝福的歌聲。

「既然無興趣合作，為什麼你還和他面談呢？」艾爾文疑惑地問。

「因為我有想知的事情嘛……別顧著說了，我們繼續遊玩吧！」愛莉已得到想要的答案，她拿出人界使用的手機發了一通訊息，然後若無其事地繼續遊玩。

✦第六章✦

跟蹤者

魔藥研究院內，精靈族院長艾蜜莉帶領來自魔幻學園的三人觀看研究進度。

上一次法蘭在此協助研發的藥物宣告無效，精靈一族的**精英**繼續竭力研究和進行實驗。但很可惜時至今日，他們也未找到治癒魔界樹的方法。

「這就是魔界樹的樹葉……」迦南看著在培養瓶內散發金黃魔力的葉子說。

「它散發的力量和我們一樣。」四葉也感到**似曾相識**，這是金黃魔力持有者和魔界樹獨有的共鳴。

「很不幸，我們的藥物還是不起作用。這光芒正在逐漸消失。」艾蜜莉說。

「以現時的研究還是未有成效，所以這次我帶你們兩人來，你們在魔藥科上有獨特的見解，而且你們身懷**金黃魔力**。」法蘭相信金黃魔力的持有者和魔界樹有密切的關係。

而且現時單以藥物成效欠奉，法蘭唯有另覓良方。

「你們就留在這裡幾天，協助院長進行實驗吧。」法蘭把希望寄託在**散發金光**的學生上。

「要是卡爾也在就好了……」四葉擔心她不在卡爾身邊，卡爾沒有美味的消夜吃。

「聽說卡爾和安德魯跟隨我爸爸去實習，但他們神神秘秘，不肯告訴我實習內容呢。」迦南皺著眉說。

迦南和四葉被安排到此協助治療魔界樹，而卡爾和安德魯則正在進行神秘的實習。

大街之內，愛莉被迫戴上鴨嘴帽和風褸，這是艾爾文的主意，因為愛莉已成**焦點**，為了安全著想，艾爾文決定替愛莉稍為變裝一下。

「這配搭糟蹋了這條裙子啦。」愛莉不滿地說。「別抱怨，我也沒想到只是在街頭上唱一首歌，會讓你成為眾人焦點。」艾爾文察覺到自己的疏忽，保護重要人物的其中一個要點，是確保他的**行蹤保密**。

但愛莉已曝露人前，甚至被收藏家發現她人魚公主的身份。

「老闆，跟在愛莉背後的人類，相信是公會的獵人。」挪亞的人類保鏢說。

「這樣的話……那人魚**不會乖乖合作**的，你們跟蹤著她，把她捉回來囚禁到地庫吧。」挪亞認為愛莉不會受利誘，故此不打算白白等待。

「只安排一個獵人保護她，公會未免太天真了吧。」挪亞的保鏢有三人，他很相信人魚已快落入他手中。

而這三人已分開混入人群之中，跟蹤著愛莉和艾爾文。

「麻煩了，他們纏著我們不放。」艾爾文察覺到**不懷好意**的魔力。

「怎算好？」愛莉是金黃魔力的持有者，那三人要追蹤她的去向並非難事。

「上行人天橋吧，我相信他們不會在鬧市動手的。」要是在此展露妖魔的身份，定會造成混亂和恐慌。

艾爾文搭著愛莉的肩膀在人群中穿梭，邊感應妖魔的魔力邊判斷逃走路線。

「別往後望，低下頭繼續向前走。」艾爾文緊張地說，過去的任務他只需傾盡全力去戰鬥，但現在他的首要任務是確保愛莉安全。

「艾爾文……你弄痛我了。」愛莉肩膀叫痛，因為艾爾文不自覺地加重了力度。

「抱……抱歉。」艾爾文慌張地說。

「不要緊，我們現在真像對亡命鴛鴦呢。」愛莉笑著說。

「你還有心情開玩笑？」艾爾文一時鬆懈，前方的路已被跟蹤他們的妖魔擋住。

「轉身，往後走。」艾爾文想避免在人群中開戰。

但**前無去路，後有追兵**，後方的路也出現了挪亞派來的妖魔，前後兩妖魔一步一步迫近愛莉和艾爾文。

幸好在遠方有支援他們的援軍，槍聲響起，從遠處高樓射出的兩發煙霧彈分別擊中了兩名妖魔。

「**發生什麼事？**」人群都咳嗽走避，行人天橋上煙霧瀰漫。

「狙擊槍，是**艾翠絲**。」艾爾文馬上發現是妹妹提供的支援。

「愛莉，失禮了。」艾爾文抱起了愛莉，趁著煙霧掩蓋了追兵的視線從行人天橋上一躍而下，降落在剛好路過的貨車頂上。

兩人靠著艾翠絲的幫助，成功逃過了兩名妖魔的追蹤，在安全的地方再回到地面。

而艾翠絲之所以及時趕到，是因為聰明的她早前追蹤挪亞的豪華房車到了咖啡室，他的不軌企圖已被艾翠絲識破。

避過妖魔的跟蹤後，艾爾文的手機傳出響聲，來電的正是他的妹妹艾翠絲。

「**笨蛋哥哥！**你怎保護公主的？現在她已成了收藏家的獵物啦！」艾翠絲斥責著說。

「收藏家？到底是什麼回事？」艾爾文一臉問號。

「那個金髮的男人，挪亞集團的主席是妖魔失蹤案的主謀呀！他把捉走的妖魔都藏在大樓地庫，準備把他們賣掉，人魚公主愛莉也成為他的目標了！」艾翠絲**心急如焚**，案件的規模已超出他們能應付的範圍。

「我先帶愛莉回酒店房間暫避，你馬上來酒店和我會合，然後聯絡師傅請求增援。」艾爾文生怕靠一己之力保護不了愛莉。

愛莉和艾爾文才回到酒店房間不久，艾爾文已察覺到不妥，挪亞的貼身保鏢有三人，除了兩名妖魔外還有一個人類，他雖然擺脫了妖魔，但沒有為意第三個保鏢一直尾隨著他。

「愛莉，留在房間內，無論聽到什麼聲音也不要打開房門。」艾爾文拿起銀劍並穿起獵人長袍，他要擊退房間外的來襲者。

「但是……」愛莉擔心他會有生命危險。

「抱著小艾稍等一會吧，我很快便會回來你身邊。」騎士決定挺身保護公主，像童話故事一樣。艾爾文單刀赴會，他絕對不會讓愛莉受到傷害，這不只是因為任務在身，連日相對下他對愛莉更產生了特別的感情。

◆第七章◆ 籠中人魚

酒店房間之外，艾爾文張開結界，避免接下來的戰鬥會驚動其他住客。

「現身吧，藏頭露尾的鼠輩。」艾爾文看不到敵人的身影，但敵人濃烈的殺氣已表露無遺。

漆黑的影子中冒出蒙面西裝男的身軀，挪亞的第三個保鏢，竟是擅長使用忍法的人類忍者。

「竟然參與販賣妖魔這種不法勾當，你枉為人類。」艾爾文提起銀劍，**擺好架式**。

「獵人也好保鏢也好，我們都只是為金錢行事，誰付出的金額較多，我就為誰效力。」忍者邊跑邊向艾爾文擲出飛鏢。

「作為人類最重要的是良知，助紂為虐的你比很多妖魔更可恥。」結識到安德魯、卡爾和愛莉等人後，艾爾文知道妖魔有善惡之分，人類之中同樣有十惡不赦的壞分子。

銀劍擋開了飛鏢，忍者在近距離下拔出匕首刺向艾爾文的腰間，但艾爾文早有準備轉動銀劍，在艾爾文的劍圈下，忍者無從下手。

「分身法術。」忍者拿出兩張符咒，符咒變化成他的樣子，三個忍者同時扔出鎖鏈綁住艾爾文的手腳。

「受死吧，獵人！」三個忍者同時以匕首刺向艾爾文，但寒冰阻擋住利刃，在艾爾文面前停住。

「魔導靈，傲雪冰馬。」以魔力生成的冰馬保護了艾爾文，魔導靈既能以生物的姿態呈現，還能成為使用者的攻擊魔法。

「寒冰聖劍！」冰馬憑依到艾爾文劍上，艾爾文猛力揮劍，寒冰如冰柱強勢襲向忍者。

「**爆破法術！**」忍者迅速擲出符咒，以火炎爆破迎擋暴冰。

「逃掉了……」可惜在千鈞一髮之際，忍者趁機隱身逃走了。

敵人消失後，艾爾文只好收起結界，半途而廢的刺客，讓艾爾文頓時發現自己犯了一個**嚴重錯誤**。

「愛莉！」艾爾文馬上推開大門，但房間已空無一人，落地玻璃窗被打破，艾爾文中了對方的圈套。

聲東擊西，忍者故意引起艾爾文關注，待他顧著戰鬥之際，另外兩名妖魔已捉走獨處的愛莉。

「哥哥！這裡發生什麼事了？」艾翠絲遲了一步，愛莉已落入收藏家的魔爪。

「是我的錯……愛莉被捉走了。」艾爾文看著地上的猴子公仔抖顫，幾分鐘前它還在愛莉的懷抱中。

「我知道她會被帶到哪裡，我們先通知師傅，再一起去救她吧！」艾翠絲看到**自責**的哥哥，深感難過。

艾爾文的手機突然響起，來電者碰巧是他準備聯絡的丹妮絲。

「師傅，愛莉她……」艾爾文一接聽就想

報告現況，但卻被丹妮絲打斷了說話。

「我已知道事情的發展，你和艾翠絲馬上來獵人咖啡室再說吧。」表面上丹妮絲只顧著休息，但其實她早已為這次任務**作好準備**，只是她一直沒有告訴艾爾文和艾翠絲這次任務的真相。

獵人咖啡室內，艾爾文和艾翠絲匆忙地趕回來，當他們推開打大門步入咖啡室內時都嚇了一跳。

「我們又見面了，獵人兄妹。」

安德魯微笑著說。

「吸血鬼安德魯，還有魔幻學園的人！」艾爾文驚訝地說。

安德魯、卡爾、魔法老師史提芬和玥華，他們都是受丹妮絲邀請來到人界。

「還有沒有蛋糕呢？這蛋糕真的很美味。」卡爾大口吃著分部長製造的蛋糕。

「我們是來協助你的，就當還你上次去營救我媽媽的人情吧。」安德魯聽到丹妮絲的邀請後自薦加入這次任務，而卡爾則是抵受不住人界**美食的誘惑**而來。

「艾爾文，艾翠絲，你們已清楚這次任務並非靠兩人就能完成了吧？」丹妮絲說。

「我……不明白。師傅你早已知道愛莉是敵人的目標嗎？」艾爾文還是一頭霧水。

「在人界出現的妖魔失蹤案件，幕後黑手正是以販賣妖魔賺取利潤的挪亞集團主席，他一直以收藏家的身份作惡，公會多番追查也無法人贓並獲。所以我們安排了這次行動，由愛莉作餌引出真兇，並調查出拍賣會的時間和地點。」丹妮絲解釋著說。

「由於收藏家行事小心，由我這種資歷豐富的專業獵人出面的話，對方一定不會上當，所以我安排你們分別行動，讓收藏家掉以輕心。人魚公主在這麼少的保護下闖蕩人界，他一定會上釣。」年輕又單獨行動的獵物，能讓收藏家覺得容易下手，這就是丹妮絲的策略。

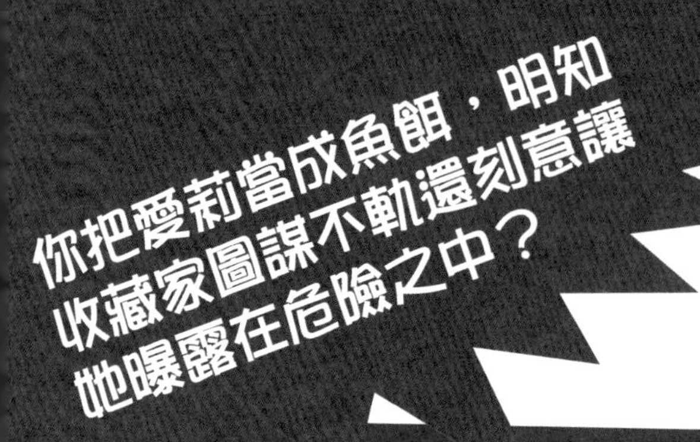

艾爾文激動地問。

「這計劃愛莉一早已知道，在她打算來人界遊玩時，我已告訴她收藏家的事情，是她主動提議引出收藏家**一網打盡**，我們才會策劃這次行動。」愛莉和丹妮絲早已達成共識，只是艾爾文和艾翠絲被蒙在鼓裡。

艾爾文終於知道愛莉為何這麼高調引人注意，原來她一心要吸引收藏家注意。

人魚公主比你想的堅強得多，她所做的一切，是為了拯救失蹤妖魔，和剷除收藏家這壞分子。

丹妮絲接著說。

艾爾文少有地激動，他沒有想過，總是笑容滿臉的愛莉獨自承受著恐懼和痛苦。

「不，現在去的話就不能將參與拍賣會的人全部**繩之以法**。拯救行動在明晚拍賣會進行之時。」愛莉早前發的訊息就是給丹妮絲的時間和地點，好讓她能把對方一網打盡。

「你要我明知愛莉受苦也**無動於衷**？我辦不到！」艾爾文憤怒地說。

「辦不到的話你便被退出這任務！獵人的工作是要冷靜沉著的，現在的你太**感情用事**了，只會拖大家後腳。」相比之下，丹妮絲顯得冷酷無比，一切以任務為先。

「哥哥，收藏家要賣掉愛莉，她暫時不會有生命危險的，我們就靜待明天再行動吧。」艾翠絲諒解艾爾文的苦況，但師傅所言甚是，獵人必須服從上司的命令。

「把愛莉當成誘餌這件事，我無法認同！」艾爾文推門離開。

「哥哥……」艾翠絲想追上去，但卻被丹妮絲阻攔。

「由得他吧，我們還要開**作戰會議**。」丹妮絲說。

距離拍賣會還有一天，這是把有份參與拍賣會的人一網逮捕的**千載難逢**機會，丹妮絲不能把重任交給意氣用事的人，她需要謹慎和週詳的計劃。

第八章

妖魔拍賣會

挪亞大樓的地庫內，一個個鐵籠囚禁著大大小小的妖魔將近五十名，他們都吃不飽穿不暖，身體也顯得**瘦弱乏力**。被捉拿的愛莉也被囚禁在其中一個鐵籠之中。

「想不到不只你爸爸，連他的女兒也要宰在我手中。」挪亞的妖魔保鏢說。

「這是什麼意思？」愛莉問。

保鏢顯示出鱷魚的面容……

「你就是那被王國通緝的**吃人妖魔**……」愛莉聽說過鱷魚妖魔的事，這胃口驚人的罪犯，不論人類和妖魔，都喜歡送到口中。

「王國捉拿不到我，因為我早已逃到人界，這世界只要有金錢就能**要風得風，要雨得雨**，而收藏家正是這種有財有勢的人。」鱷魚妖魔說。

「你為了金錢，不惜出賣其他妖魔，他們都是和你活在同一個魔幻世界的同類呀！」愛莉斥責著說。

「我可沒有這種愚蠢的同類！適者生存，我只是選擇了適應人類世界罷了。」鱷魚妖魔埋沒了自己的良知，為金錢**不擇手段**的，無論是人類還是妖魔，同樣大有人在。

「你就準備被賣去當人類的寵物吧，說不定你會遇到個好的主人，每日三餐溫飽呢。」鱷魚妖魔轉身離開。

得知吃掉父親手臂的仇人在眼前，愛莉雖然**十分憤怒**，但她很快便冷靜下來，因為她有更重要的事情要辦。

歌聲從地庫迴蕩，愛莉唱出充滿魔力的歌曲。

「小姑娘，你在這裡唱得更大聲也不會有人來救你的，還是省一口氣吧。」被困在愛莉旁邊的鐵籠裡的妖魔說。

「**不要放棄希望**啊，我的騎士一定會來拯救我的。」愛莉回想起這幾天和艾爾文的相處，不禁展露出甜蜜的微笑。

「而且我現在唱的歌並不是用來求救，而是用來恢復大家的體力呀。」愛莉繼續唱，以人魚的魔法之歌，讓虛弱的妖魔們得以回復。

「小姑娘，你到底在打什麼主意呢？」旁邊的妖魔感覺到暖意，愛莉的歌聲正在發揮作用。

愛莉沒有回答，她知道明天一定會有身騎白馬的男人趕到她身邊。

艾爾文離開了咖啡室後，氣沖沖地回到了自己的家，他一方面自責沒有保護好愛莉，另一方面怪責師傅和愛莉瞞住他策劃這麼危險的任務。

「那丫頭……都不想一下我會有多擔心。」艾爾文自言自語說。

「是因為她相信你，相信這次行動吧。」但屋內卻有人回應艾爾文。

「吸血鬼，你跟我回來幹什麼？」艾爾文賭氣著說。

「來確認你是否和跟我交手時一樣，冷靜而熾熱。」安德魯說。

「現在愛莉最需要這樣的你，明晚就是作戰之時，現在你就把怒火好好忍耐著，在拍賣會上**好好爆發**吧。」安德魯只是想安慰一下艾爾文。「若果被捉走的是迦南，你也能這麼鎮定嗎？」艾爾文問。

「不，應該會比你更激動、更失控。但我相信我的朋友、我的師長，我們一定能安全救出她。」安德魯信任伙伴，對他來說，艾爾文同樣是曾**出生入死**的手足。

安德魯離開後，艾爾文走進了父親生前所用的房間，自從父親離世後，這房間的用途便改變了，變成擺放獵人武器用具的**兵器庫**。

翌日中午，丹妮絲等人已整裝待發，他們看著挪亞大樓的平面圖作**最後檢閱**。他們已分配好崗位，準備把販賣妖魔的人一網打盡。

「哥哥他會來嗎？」艾翠絲擔心著說。

「放心，艾爾文一定會出現的。」

安德魯換上侍應的服裝說。

「這身衣服很緊，穿得我透不到氣啊。」卡爾也一樣，他和安德魯喬裝成侍應，準備混入拍賣會。

「你們千萬不要衝動，在我發號施令前千萬不要貿然行動。」丹妮絲、玥華和史提芬穿著華麗的晚裝，並戴上舞會眼罩。

因為拍賣會是假裝成蒙面舞會進行，所以他們扮成參與拍賣的客人掩人耳目。

「準備好就出發吧。艾翠絲，最重要的任務便交給你了。」丹妮絲輕拍徒弟的肩膀說。

身穿黑衣的艾翠絲肩負重任，拍賣會裡除了三名身手不凡的保鏢外，還有不少人類受僱鎮守。

挪亞大樓會議樓層內，大量戴著眼罩或面具而且盛裝打扮的富豪，邊喝著美酒邊等待，等待在人界只此一家的妖魔拍賣會揭幕。

前方舞台的燈光亮起，收藏家登上舞台的一刻掌聲如雷貫耳，他們期待已久的盛會終於開始。

歡迎各位尊貴的來賓，我已一如既往，為大家準備好來自魔幻世界這神秘國度的妖魔。他們將會成為大家的收藏品、寵物、玩具、甚至奴隸，而今晚我更為大家帶來了稀有而且珍貴的特別商品，絕對不容錯過。

收藏家的開場白令現場氣氛更高漲，參加拍賣的人都交頭接耳，猜想這特別商品的真身。

「真想把這惡劣的收藏家撕開兩邊。」喬裝成侍應的卡爾輕聲說。

「殺害人類是違法的，我們只需要把他交給公會，他就會受到人界法律的制裁。」安德魯按捺著憤怒，並留意著挪亞的三名保鏢。

「還未可以動手嗎？我肚子在咕咕作響了。」卡爾吃著給來賓的點心說。

「你別把點心吃光，我們是來工作的呀……」安德魯攔阻著說。

「開始了，不知道艾翠絲情況如何呢。」玥華看著舞台，第一個拍賣品已被送上舞台。

被拍賣的妖魔困在鐵籠中，籠上更掛著寫上編號的牌子，這是拍賣的次序。

而在拍賣開始的同一時間，艾翠絲已潛入地庫，那擺滿鐵籠的樓層。

「愛莉！你身體狀況還好嗎？」艾翠絲問。

「沒有大礙，艾爾文呢？他一定很生氣吧？」愛莉猜想，如此瞞著艾爾文參與危險的計劃，他一定會氣上心頭。

「哥哥還未出現，但大家已準備就緒，你再等我一下，我去**解放**其他妖魔。」艾翠絲的任務是把被拍賣的妖魔釋放，拍賣品從一號開始，她就從最尾的號碼開始釋放，爭取時間釋放更多妖魔。

目前這些妖魔的體力都回復了，因為昨天晚上，愛莉**不眠不休**，一直吟唱著充滿魔力的人魚之歌。

三百萬！三百萬一次，兩次，三次，成交！感謝這位客人出價，這初生的鳥人是屬於你的！

拍賣會順利進行，被拍賣的妖魔已近總數的一半，為了令競投更激烈，這晚的特別商品快要被送到舞台。

鐵籠被送回地庫，拍賣品在拍賣會結束後才會運送到客人府邸。

「下一件拍賣品就是這晚的**焦點**，她不只是稀有的品種，更是擁有公主身份的高貴妖魔——海洋之都的**人魚公主**！」收藏家拉開布簾，愛莉隨即顯現人前。

「人魚的歌聲**動人心弦**，相信大家有看過近日在網絡上瘋傳的影片，那位在街上高歌的少女就是這位人魚公主了。我們立即開始拍賣這珍貴的妖魔，起始投標價從**一千萬**開始！」愛莉的價值比其他妖魔高出很多，競逐的人也多不勝數。

差不多是時候了，艾翠絲，把已釋放的妖魔帶上來。卡爾和安德魯準備出擊。

丹妮絲正等待愛莉被拍賣的一刻，所有拍賣者和守衛也注視著舞台的一刻。

扮作來賓的丹妮絲、玥華和史提芬守住了拍賣場的唯一一個出入口，等待著艾翠絲帶領被釋放的妖魔來增援之際，忽然有人**破門而入**。

「艾爾文……我就知道你一定會來。」愛莉看著騎著白馬的艾爾文說。

「**久等了**，我的公主陛下。」騎上魔導靈傲雪白馬，一手拿著盾牌，一手策馬的艾爾文還披上藍色斗篷，以**騎士**姿態直奔向前。

艾爾文馭馬前行，艾翠絲和其他妖魔也從後趕至。挪亞的人類守衛想上前攔截，但也難擋冰馬衝鋒的氣勢。

「我們也動手吧。」安德魯展開雙翼，卡爾顯露人狼模樣，兩人開始制服守衛，為他們鎖上特製的手鐐和腳鐐。

「我們是公會獵人，你們涉嫌參與非法拍賣妖魔，乖乖束手就擒吧。」丹妮絲召喚出魔導靈三頭火龍，嚇得普通人類也目瞪口呆。

「你們還呆著幹什麼？快對付這些獵人！」挪亞慌張地說。

鱷魚妖魔展現出巨大得有如卡車的恐怖姿態……

「艾翠絲！掩護我！」面對能擊敗專業獵人基德的大妖魔，艾爾文需要**最合拍**的伙伴協助。

艾翠絲雙槍連續射擊，銀彈雖然無法打穿鱷魚的厚皮，但也能牽住他的動作。

「讓我先把你溶化掉！」鱷魚張口向艾爾文吐出**酸性**甚高的胃液。

「聖騎士之盾。」艾爾文的大盾能擋下一切物理攻擊，那是他父親留下的寶貴魔法道具。

「束縛彈！」艾翠絲換上榴彈砲，射出的砲彈變成網子束縛鱷魚大嘴。

「銀劍解放！聖騎士斬馬刀！」艾爾文把魔力注滿銀劍，讓銀劍展現隱藏的最強姿態。

大刀從上而下直劈，艾爾文成功把作惡多端的鱷魚妖魔**一分為二**，替愛莉的父親報了斷臂之仇。

「雖然魯莽了點，但表現不俗呢。」丹妮絲滿意地說。

「可惡……這個無用的東西！枉我花這麼多金錢僱用他。」收藏家挪亞不忿地說。

「老闆，直升機已準備就緒，我們快撤退吧。」另一名妖魔也展露出真身，半人馬妖魔背上了載著愛莉的鐵籠說。

挪亞、半人馬妖魔和忍者保鏢帶上愛莉，乘坐升降機向天台進發，要是被他們坐上直升機便難以再捉拿。

「愛莉！不用怕，我馬上來救你出去！」升降機大門已關，要追上去艾爾文只能另覓出路。

艾爾文騎著白馬衝破了玻璃幕牆，救公主心切的他馭馬從大樓外牆向上奔馳。

「這傢伙真亂來……讓我跟上去看顧他吧。」安德魯有**蝙蝠**的翅膀，要飛到天台是易如反掌的事。

天台之上，忍者登上直升機後，半人馬安放好鐵籠到機艙，挪亞也跟隨而上。

「可惡的獵人摧毀我辛苦建立的基業，但不要緊，只要有這人魚公主在手……我一定能**東山再起**。」挪亞還未死心，愛莉的價值足以讓他開創新的事業。

「放棄吧，我的王子一定會粉碎你的野心，讓你為自己的惡行**付出代價**。」愛莉絲毫不畏懼，特別是看到全武裝戒備的艾爾文後。

有如白馬王子的男人沒有讓人魚公主失望，直升機還未起飛，艾爾文已趕到現場。

「老闆，讓我來擋住他。」半人馬妖魔放棄逃走，拔足奔跑向艾爾文。

半人馬妖魔和白馬王子同時加速，雙方快要撞上之際，艾爾文突然躍起。

魔導靈傲雪冰馬變成大型冰魔法把半人馬成功凍結住，但載著愛莉的直升機已飛到半空中，開始遠離大樓。

「爸爸……保佑我。」艾爾文帶上的魔法道具和武器都是父親的遺物，他過往沒有使用，是因為他發揮不到它們的真正威力。

「爸爸，為什麼我不能像你一樣用好它們呢？」過去小艾爾文曾問。

「唔……這些魔具都是曾拯救世界的偉大獵人打造的，或許在不久將來，當你遇上不惜犧牲自己也要拯救的人時，就能得到魔具的認同吧。」艾力克笑著說。

「那即是什麼時候呀？」小艾爾文當日還未明白。

「是現在了，你就是我必須拯救的人。」

但今日的艾爾文明白了。藍色的斗篷發出亮光，躍到半空中艾爾文背後多了一雙天使翅膀。

聖騎士斗篷，這是能讓用者獲得飛行能力的稀有魔法用具。

艾爾文借用**天使之翼**飛向直升機，但直升機內還有最後一名保鏢，曾和艾爾文交手的男忍者。

「想救人魚公主還要先過我這關，千體分身術。」忍者躍到半空，以忍法製造出數之不盡的分身並向艾爾文投擲飛鏢。

「可惡……哪一個才是真身？」艾爾文邊以盾抵擋，邊以銀劍擊破分身，但若然不把忍者真身擊敗，艾爾文就只能看著直升機逐漸遠去。

幸好悅耳的歌聲再次成為艾爾文的助力，籠中的愛莉唱著能破解忍者法術之歌，分身們一個又一個如水泡般爆破，忍者的真身終於曝露人前。

「這首歌唱得真棒呢。」艾爾文會心微笑，先把忍者一劍打倒，再把直升機**一刀兩斷**。

載著愛莉的鐵籠掉落在半空，艾爾文以快劍斬開鐵籠，在空中抱緊人魚公主。

「**讓你久等了，公主。**」這一刻艾爾文的眼中只有愛莉。

「相比起騎士，你現在更像一個王子呢。」愛莉放心地躺在艾爾文的懷抱。

你們只顧著重逢，都忘記了任務的目標人物了呢。

安德魯在空中擒獲了挪亞，收藏家已無路可逃，但那忍者保鏢卻逃去無蹤。

愛莉成功獲救，參加和協助販賣妖魔的人和主謀也落網，這次任務可算是**完美無缺**，在艾爾文懷中的愛莉也報以甜蜜的笑容。

第十章

萌芽的關係

挪亞大樓地下正門外，丹妮絲等人押送被逮捕的犯人到此，公會分部長聯同人界執法機關已在恭候，準備將犯人關到牢房再作審判。

「辛苦大家了，這次行動對人界和魔幻世界的共存十分重要，能成功捉拿收藏家全賴大家。」分部長點頭致謝。

「算是有驚無險吧，若果不是有個笨蛋騎著馬亂衝亂撞，我相信效果會更好呢。」丹妮絲看著艾爾文說。

「**英雄出少年**嘛，丹妮絲你訓練出來的徒弟的確表現出眾，艾爾文和艾翠絲的實力也有所提高。」看到放下對吸血鬼仇恨的兩人實力突飛猛進，分部長也很欣慰。

「來自魔幻學園的各位也辛苦了。」分部長再次道謝。

「保護兩界和平，學園也**責無旁貸**，分部長太客氣了。」史提芬說。

「那是犯人的東西呀！怎可以吃下肚子的。」玥華連忙去把貪吃的人狼捉走。

「吸血鬼，我又欠你一個人情了。」艾爾文看到旁邊的愛莉絲毫無損才放心下來。

「別欠來欠去了，以你現在的實力，就算我不在，你一樣能救出愛莉。」看到艾爾文一身**聖騎士**裝備後，安德魯猜想著若然兩人再次交手，究竟誰勝誰負？

「要比試一下嗎？你散發的魔力也比以前濃烈得多。」同樣的問題，艾爾文也好奇想知道答案。

「不了，要比也留在我們重要的，金黃魔力持有者徹底安全後吧。」安德魯和艾爾文重視的女生都是黑魔法派**虎視眈眈**的金黃魔力持有者。

艾爾文見愛莉一言不發，轉過臉一看發現愛莉滿面通紅，原來他沒為意自己一直牢牢牽住愛莉的手。

「好了！你兩個別再貼得那麼緊，任務已完成了。」**吃醋**的艾翠絲分開了兩人的手。

「但是……艾爾文是我在人界的貼身保鏢，而我明天才回**魔幻世界**呀。」愛莉害羞著說，她想珍惜最後的時間。

「那我就陪多你一個晚上吧，艾翠絲你回家等我吧。」艾爾文脫下聖騎士裝備，交到妹妹手上。

「吓？這麼重，要我一個人帶回家？」艾翠絲說。「當鍛煉身體吧。」艾爾文挽著愛莉急步離開，他也很珍惜這最後的晚上。

能二人獨處的最後時光。

深宵夜裡，艾爾文和愛莉最後的約會地點是沙灘，為免沾濕身體露出人魚的尾巴，愛莉和艾爾文也不敢坐在太近岸邊的位置。

「原來你刻意高調**引人注目**，是早有預謀，為了配合任務的。」艾爾文說。

「是有這目的啦，但你不覺得像我這麼漂亮的女孩子，在街上自然會引來旁人目光嗎？」愛莉打趣地說。

「的確……很耀眼。」艾爾文坦誠地說，反而令愛莉心跳加速。

「那……這麼引人注目是挺危險的，就算回到魔幻世界也可能被壞人盯上的，如果無人保護怎麼辦？」愛莉萌生出一個念頭。「所以……如果我繼續僱用你當我保鏢，你又可以一起來魔幻學園學習……我們就能**天天見面**啦。」騎士的勇猛和溫柔，打動了公主的心，在公主的眼裡他已是白馬上的王子。

「那的確是很吸引的任務，但現在我不能接受你的委託　。」艾爾文雖然也想留在愛莉身邊，但他還是毅然拒絕。

愛莉失望地問。

「**黑魔法派**正在肆虐橫行，而你也是他們的目標之一，我不能放任這些想傷害你的人不顧。我要盡快變強，變得能擊退黑魔法派，變得讓想打你主意的人都調頭滾開。」艾爾文要保護愛莉，不只從收藏家這種鼠輩手中，更是從勢力強大的黑魔法派手中。

「**你不擔心嗎？**你不在我身邊，可能又會出現第二個騎士保護我啊。」聽到艾爾文的話後愛莉雖心裡甜蜜，但還是要作弄一下艾爾文。

「他最好幫我**看緊一點**，不然你小了一條頭髮我也不放過他。」艾爾文笑著說。

世上流傳著很多人魚和人類的愛情故事，就像愛莉的父母——基德和愛瑪一樣建立起幸福的家庭。今刻愛莉和艾爾文或許未能修成正果，但愛情的幼苗已在兩個少年少女心中萌芽。

安德魯變回小孩子，不想長大的他有過怎樣的童年？

黑魔法派強襲智慧之城，大賢者為大家揭開末日之謎。

作者·卡特 繪畫·魂魂SOUL

{ vol.5 假會長蒙面人之合謀 }

合併兩校學生會的會議突然召開，真假七公主當面對質，究竟誰才是冒牌貨？
前後兩次遭受禁錮，背後搞事的蒙面人的身份昭然若揭，
明明應該同仇敵愾，學生會內部有人和他私通？那，不是背叛其他成員嗎？

推理七公主的關係出現重大危機！這一次，涉及並非可以純粹地用理智去解的謎，
而是剪不斷理還亂的心理障礙和情感問題啊！

延續之前未完的故事，推理七公主會因此決裂嗎？

Vol.1-Vol.5 經已出版

創作繪畫◎余遠鍠　故事文字◎何肇康

神探包青天

Detective Bao

6

開封大火災

開封城珠寶商七慶樓，被惡名昭彰的飛雲盜盯上，屢次受到火災的洗禮……為保護義姊瑤瑤，張龍不惜以身犯險，誓要抓住潛伏的飛雲盜細作！

在潛火隊隊長黃起，以及七慶樓小玉的協助下，張龍抽絲剝繭，逐漸發現案件背後，眾人盤根錯節的關係。真相原來咫尺之遙，卻又如此難以置信，張龍面臨前所未有的掙扎。

然而，明察秋毫的包大人，其實早已看破一切，伺機而動……

經已出版

我的吸血鬼同學

創作繪畫	余遠鍠
故事文字	陳四月
策劃	YUYI
編輯	小尾
封面設計	Zaku Choi
設計	siuhung
出版	創造館 CREATION CABIN LTD. 荃灣美環街 1-6 號時貿中心 6 樓 4 室
電話	3158 0918
發行	泛華發行代理有限公司 香港新界將軍澳工業邨駿昌街七號二樓
印刷	高科技印刷集團有限公司
出版日期	第一版　2020 年 7 月 第二版　2021 年 5 月
ISBN	978-988-74562-4-7
定價	$68
聯絡人	creationcabinhk@gmail.com